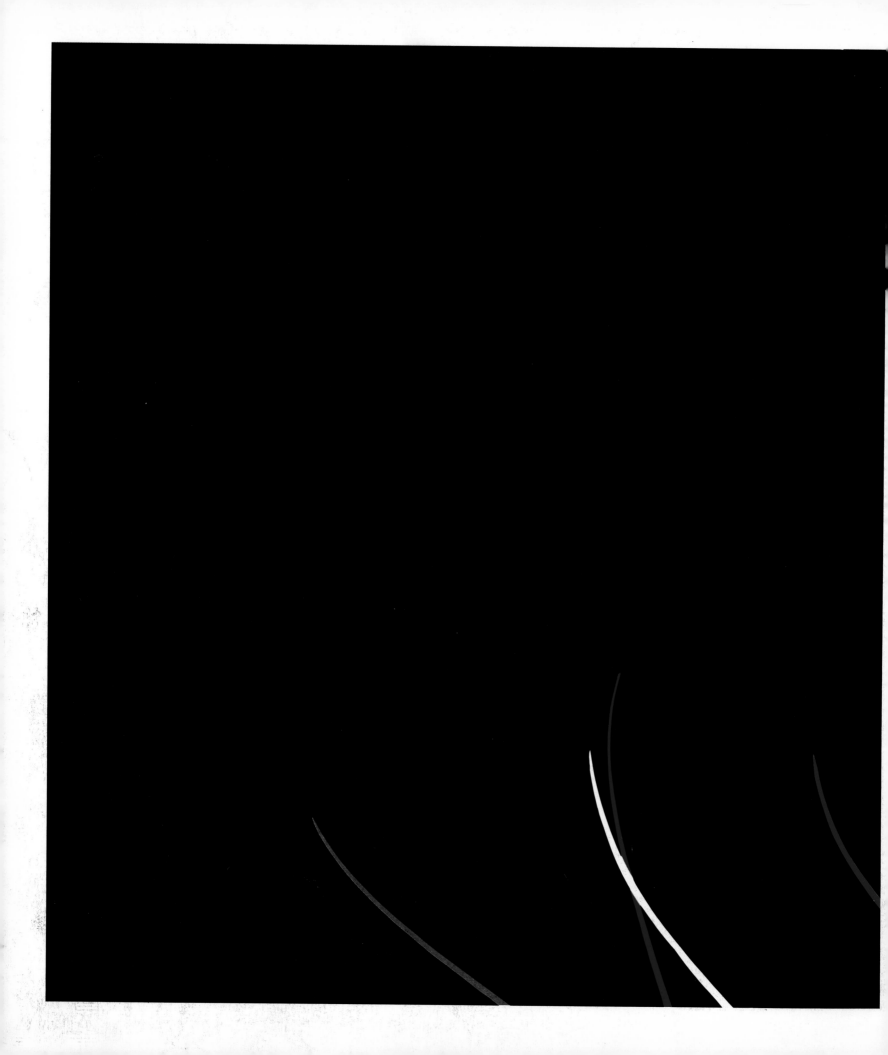

일곱 마리 눈먼 생쥐

에드 영 그림/글 · 최순희 옮김

시공 쥬니어

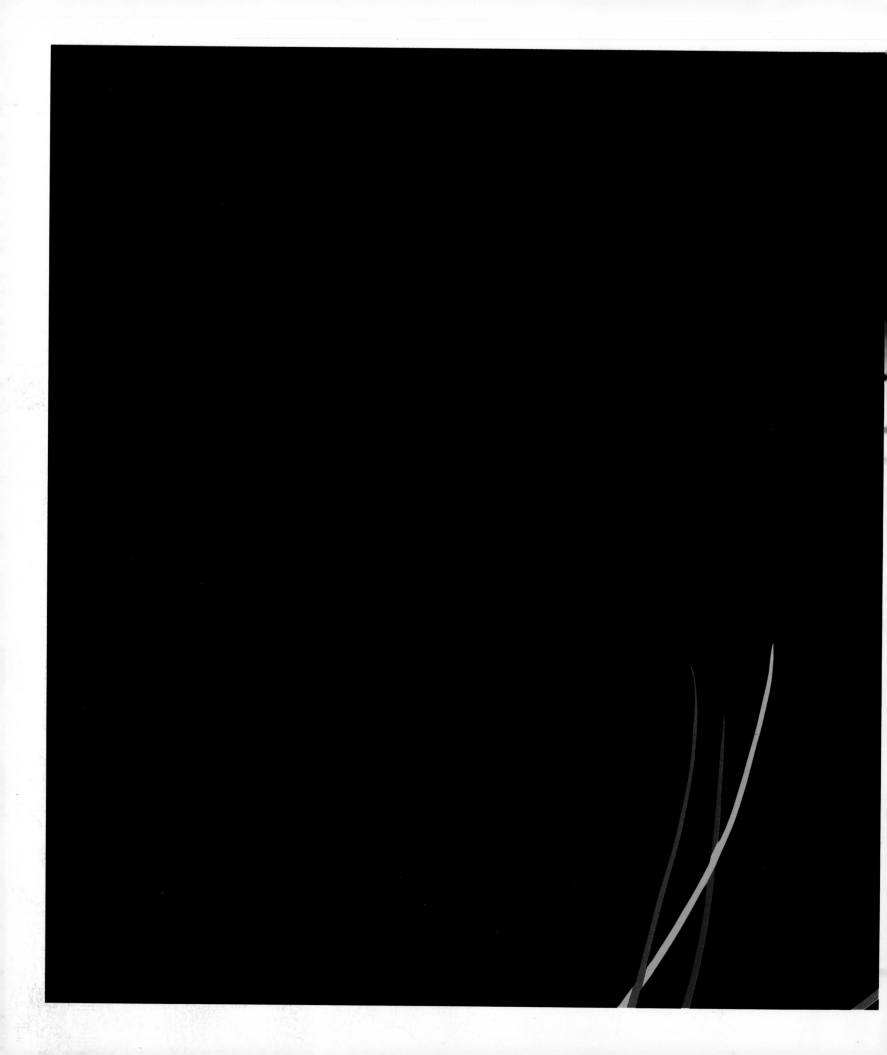

어느 날, 일곱 마리 눈먼 생쥐가 연못가에서 아주 이상한 것을
발견했습니다.
"이게 뭐지?"
생쥐들은 몹시 궁금해하며 집으로 돌아왔습니다.

월요일에, 빨간 생쥐가 첫번째로 알아보러 갔습니다.

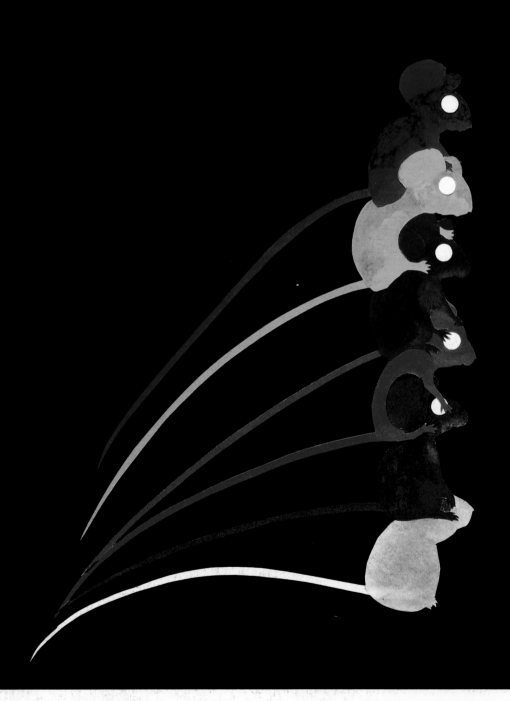

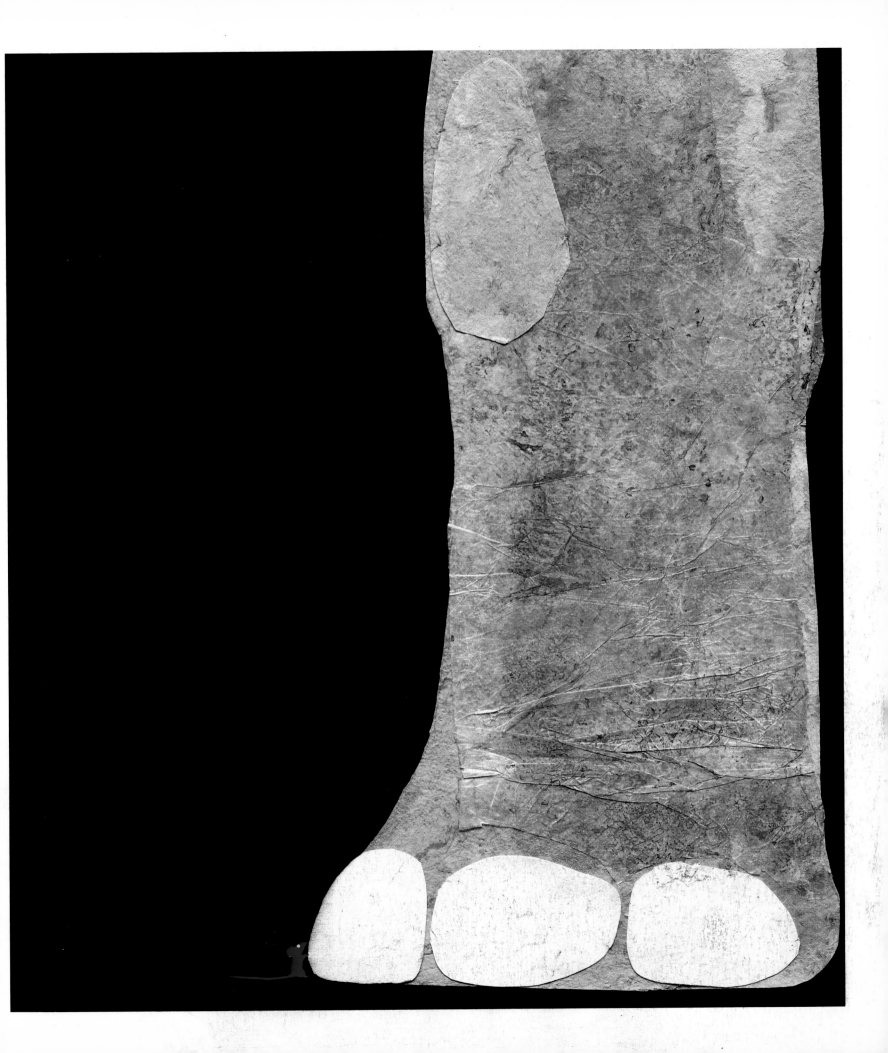

"그건 기둥이야."
빨간 생쥐가 돌아와서 말했습니다.
그러나 아무도 그 말을 믿지 않았습니다.

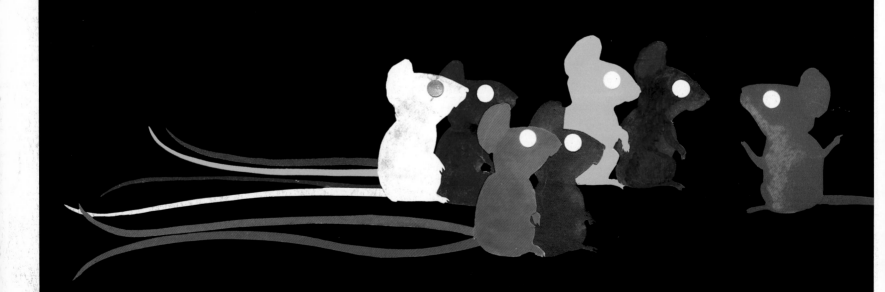

화요일에는, 초록 생쥐가 갔습니다.
두 번째로 나선 거지요.

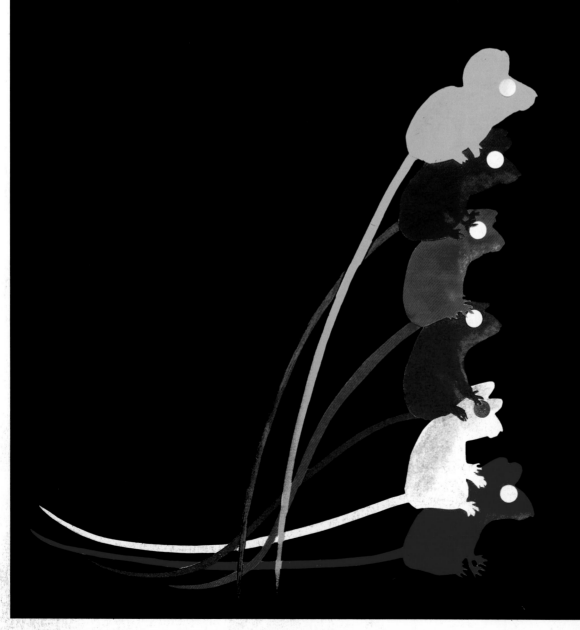

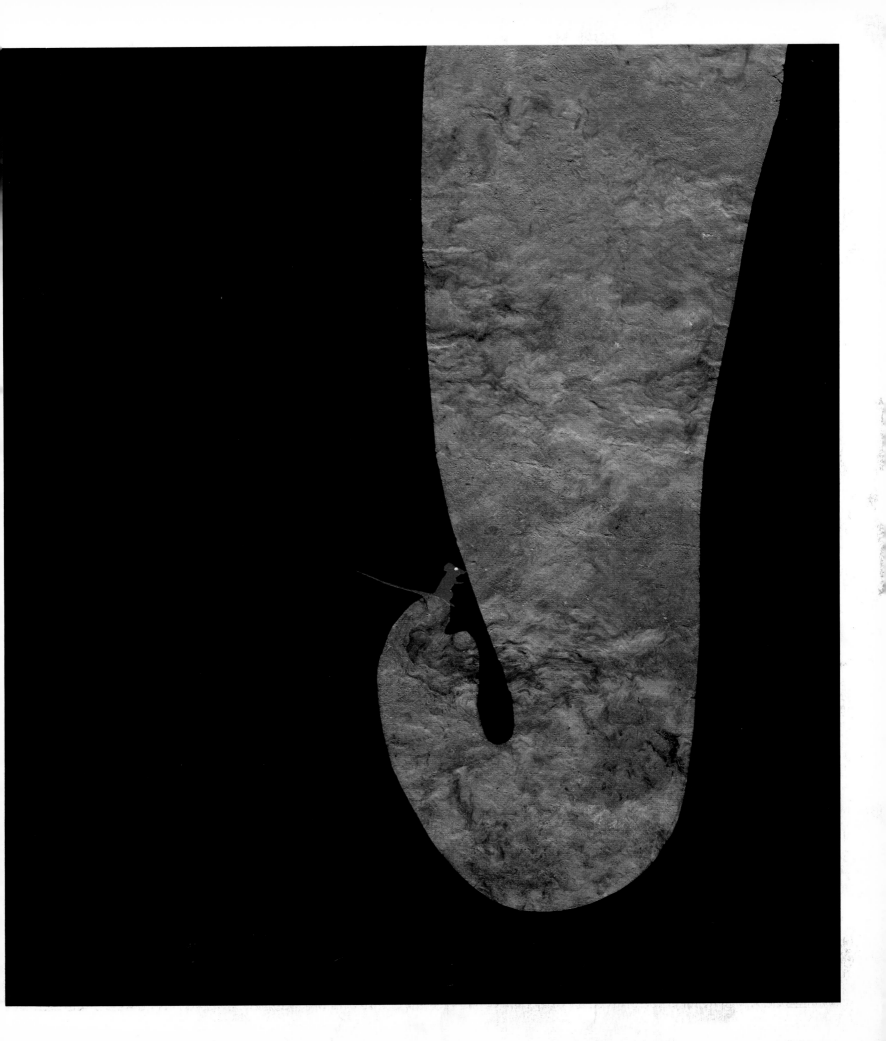

"그건 뱀이야."
초록 생쥐가 돌아와 말했습니다.

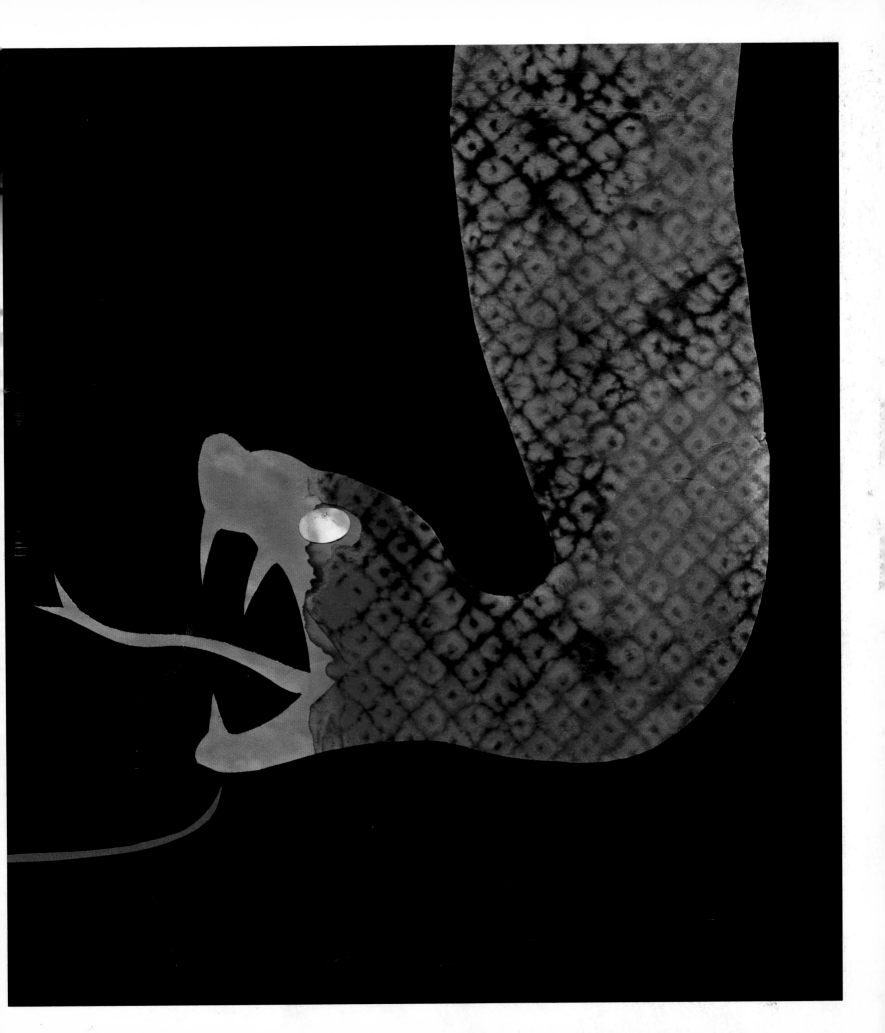

수요일에는, 노란 생쥐가 갔습니다.

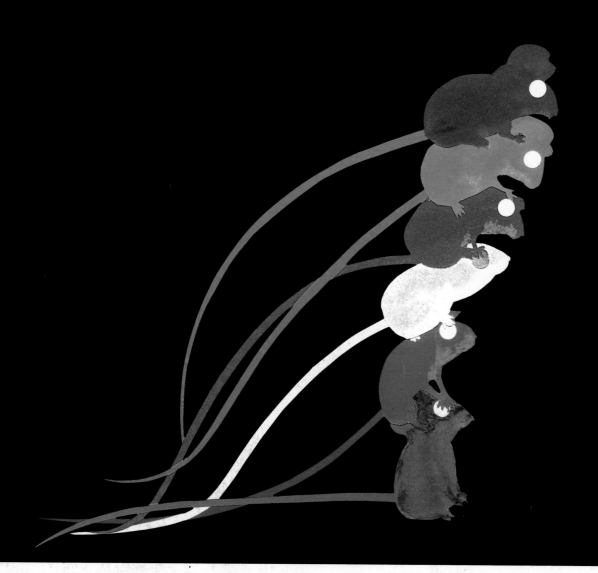

"아냐! 그건 창이었어."
세 번째로 다녀온 노란 생쥐가 말했습니다.

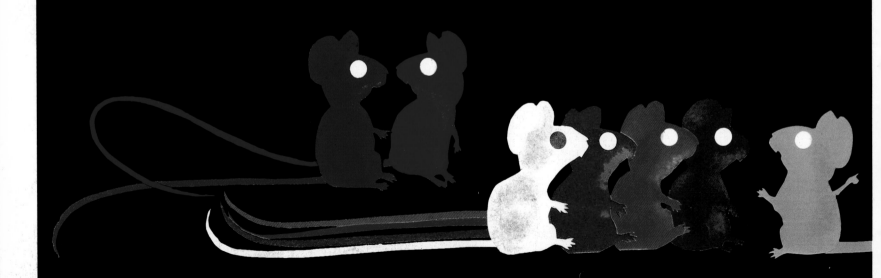

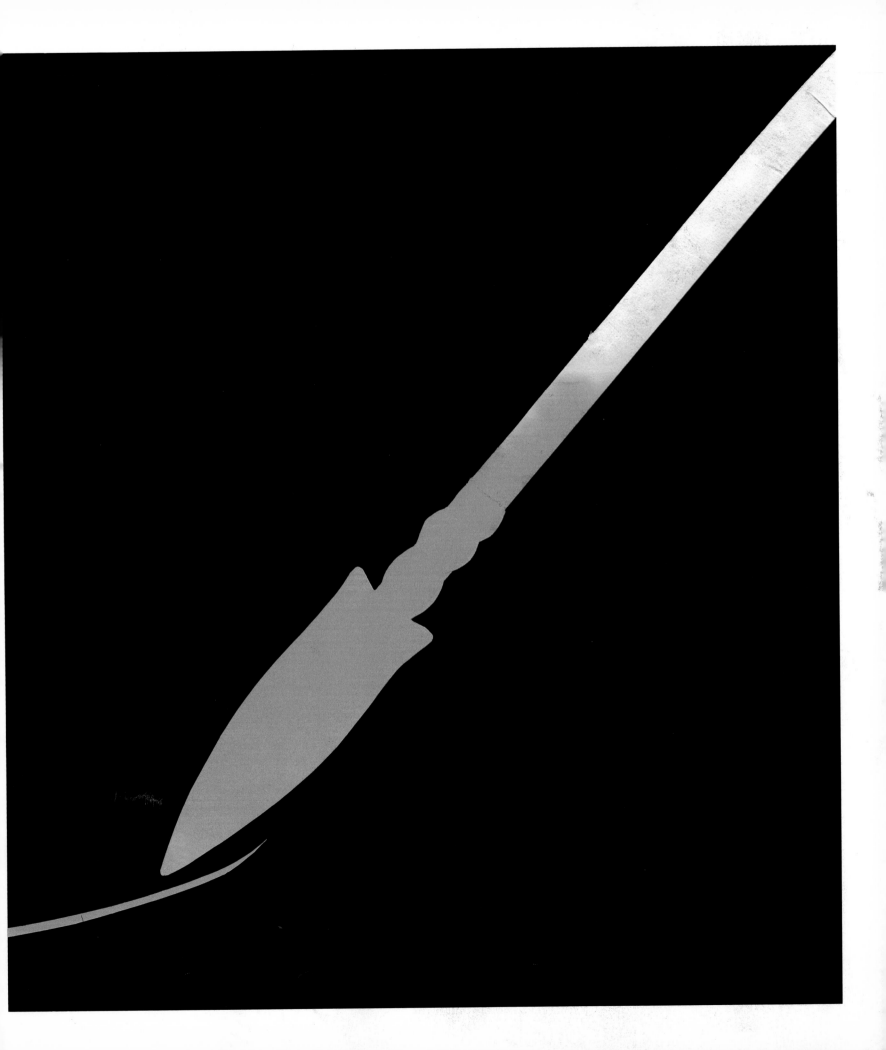

네 번째로 보라색 생쥐가 갔습니다.
그 날은 목요일이었습니다.

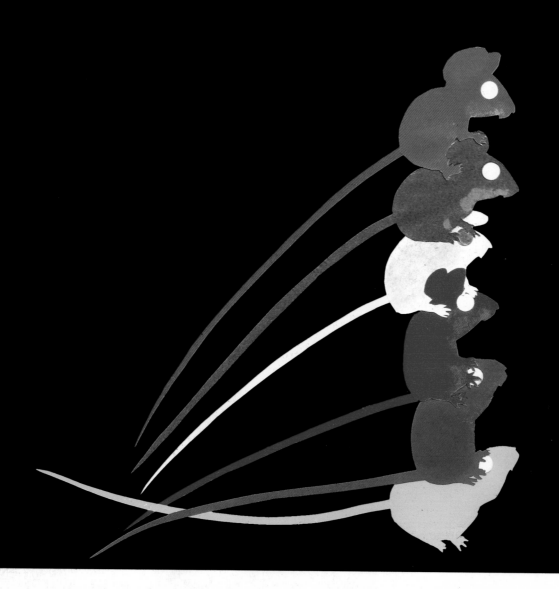

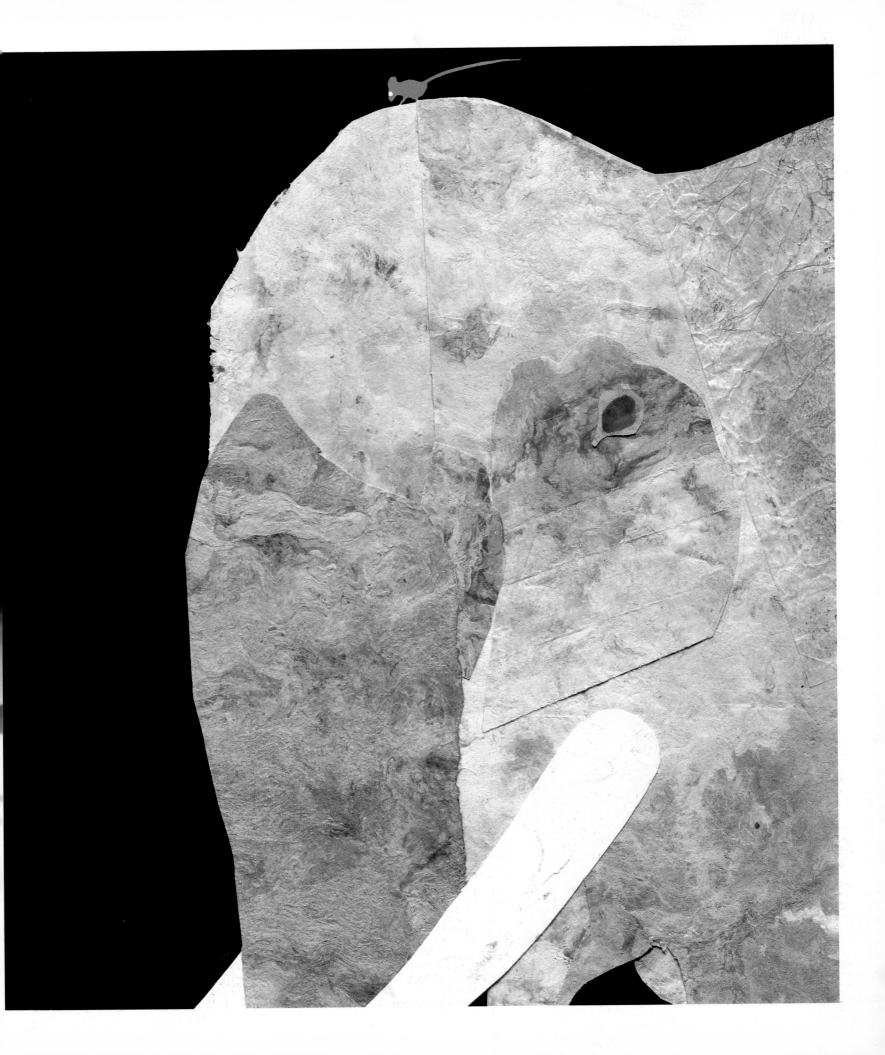

"그건 굉장히 높은 낭떠러지였어."
보라색 생쥐가 돌아와 말했습니다.

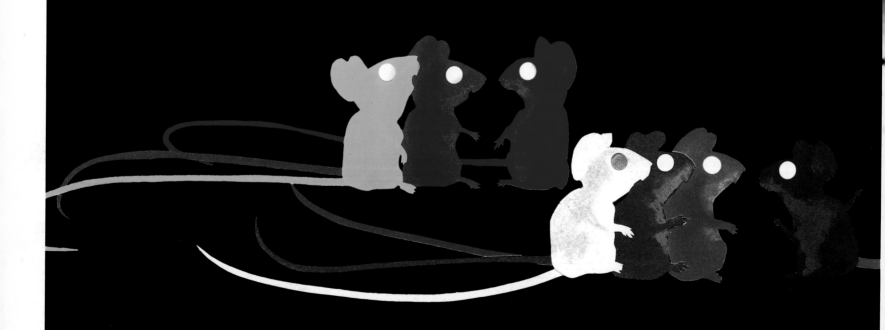

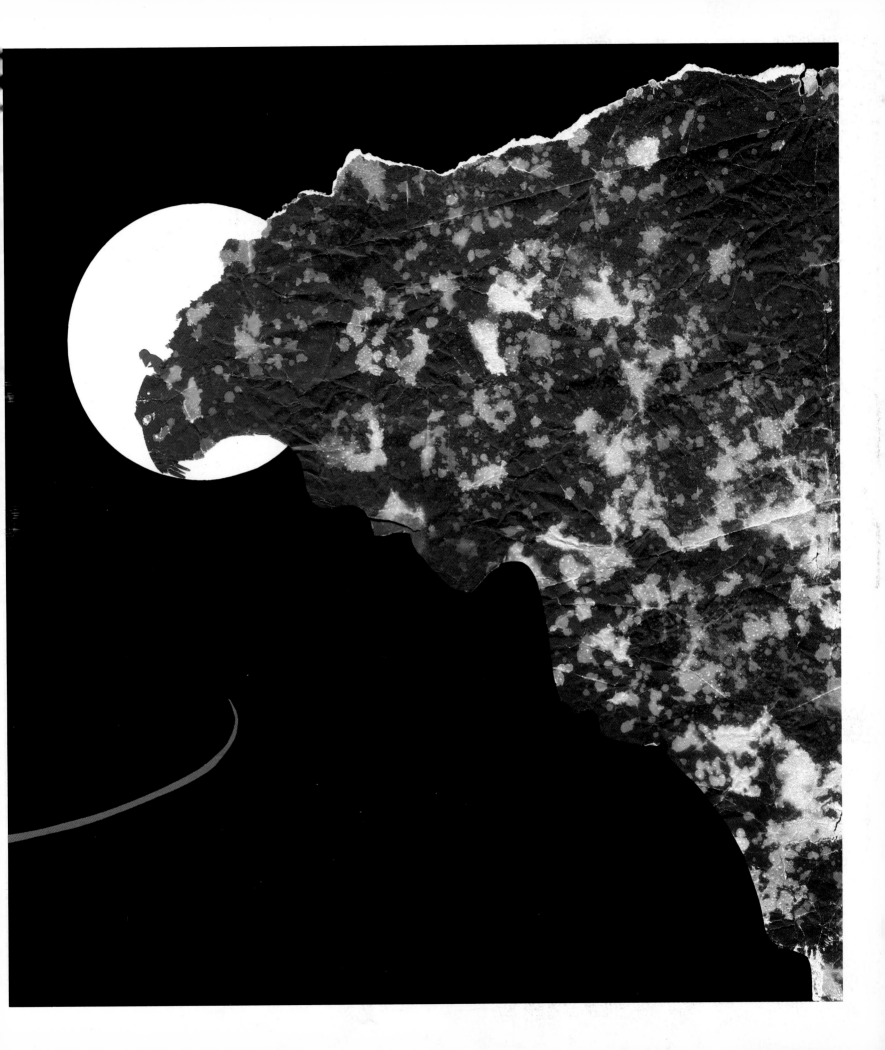

금요일에는, 다섯 번째로 주황색 생쥐가 갔습니다.

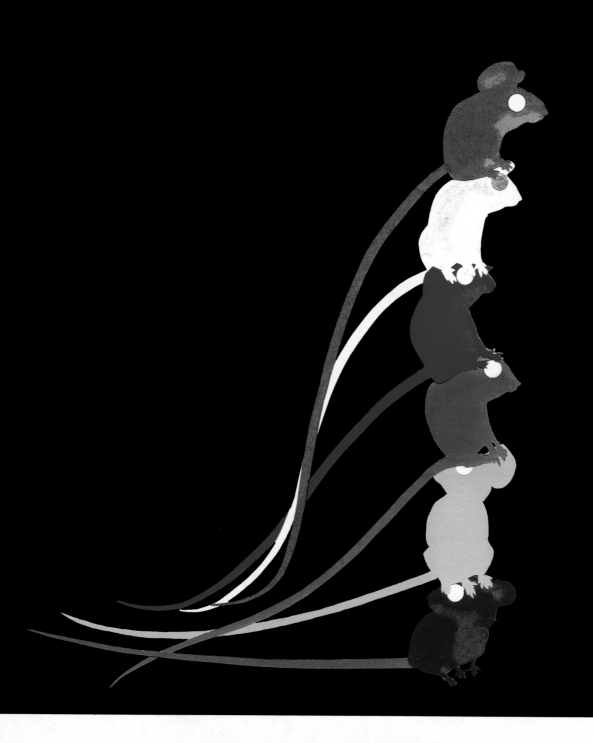

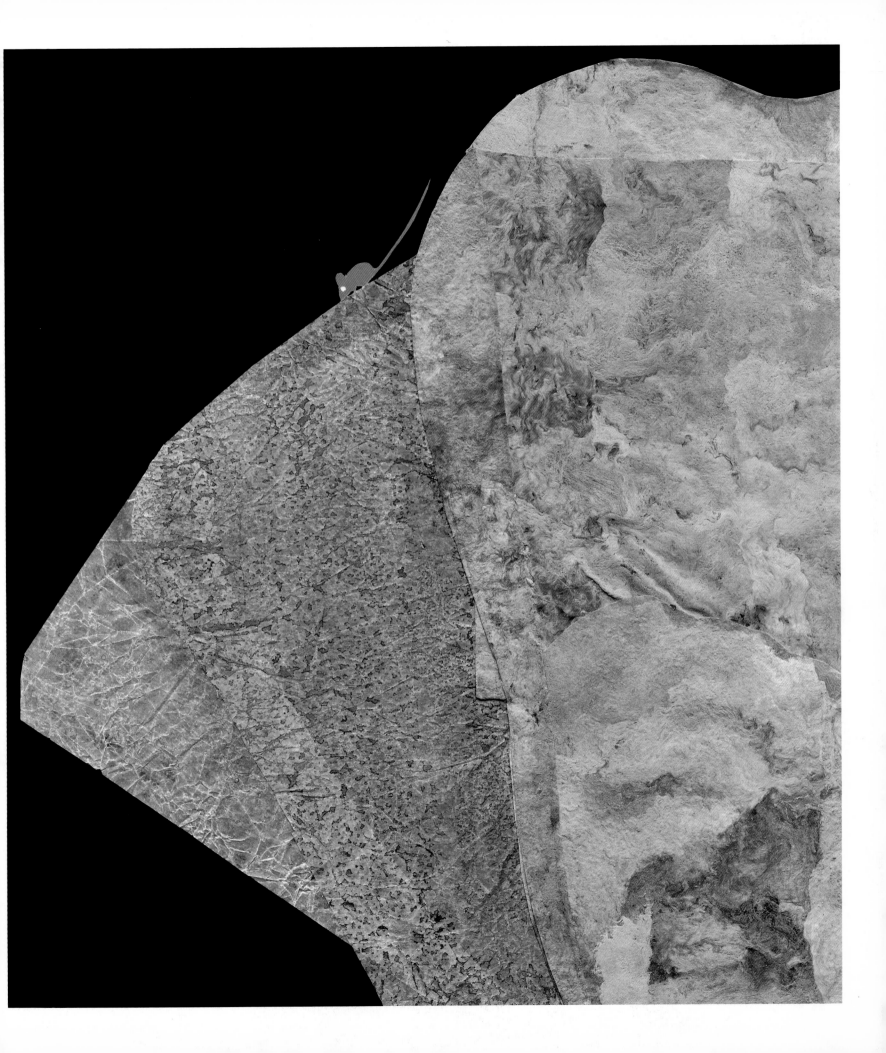

"그건 부채야! 살랑살랑 움직이던걸."
주황색 생쥐가 돌아와 큰 소리로 말했습니다.

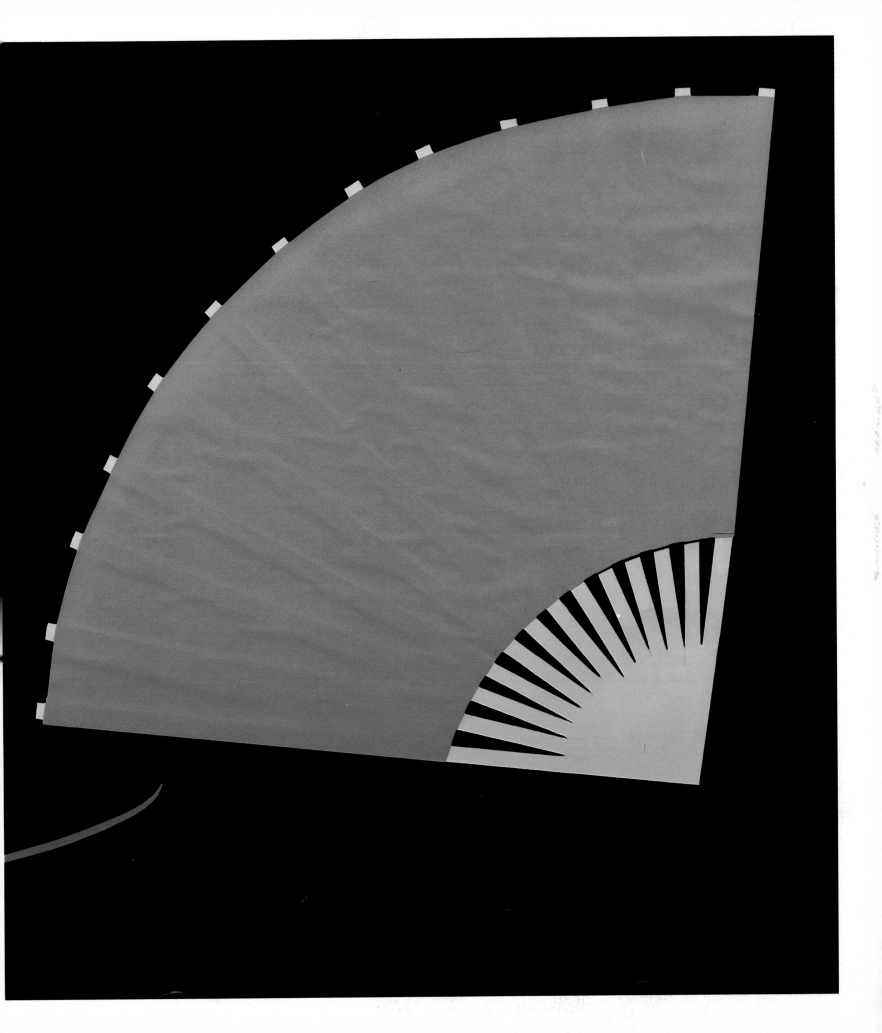

여섯 번째로 파란 생쥐가 갔습니다.

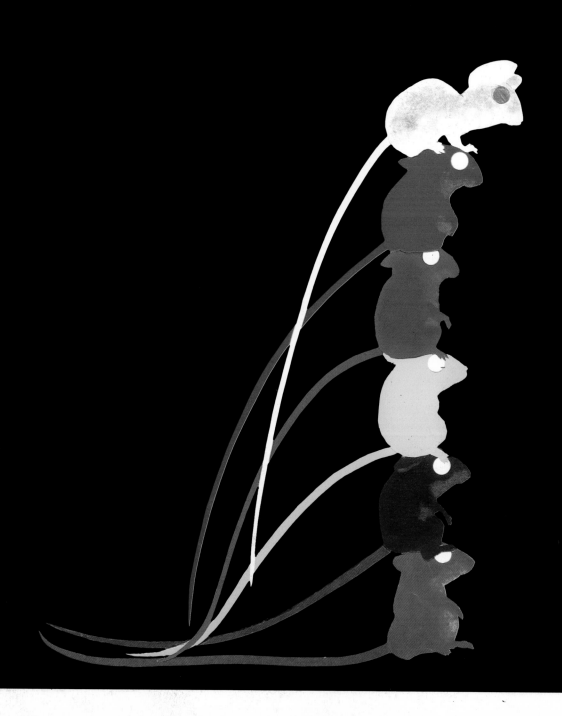

그 날은 토요일이었습니다. 파란 생쥐가 돌아와 말했습니다.
"그건 그냥 밧줄일 뿐이야!"

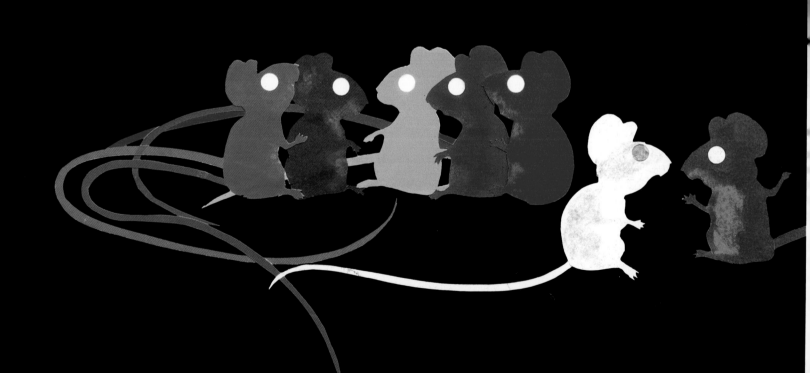

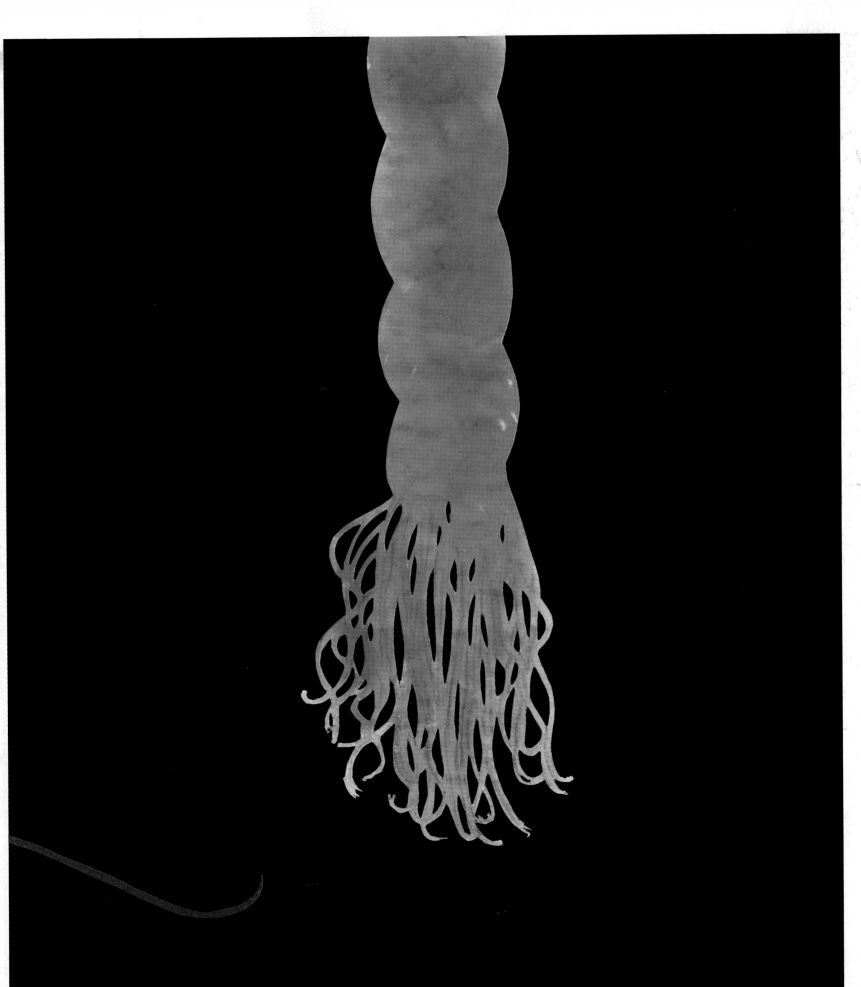

그러나 모두 고개를 내저었습니다. 이윽고 생쥐들은
서로 다투기 시작했습니다.
"뱀이야!" "밧줄이야!" "부채라니까!" "낭떠러지였어!"

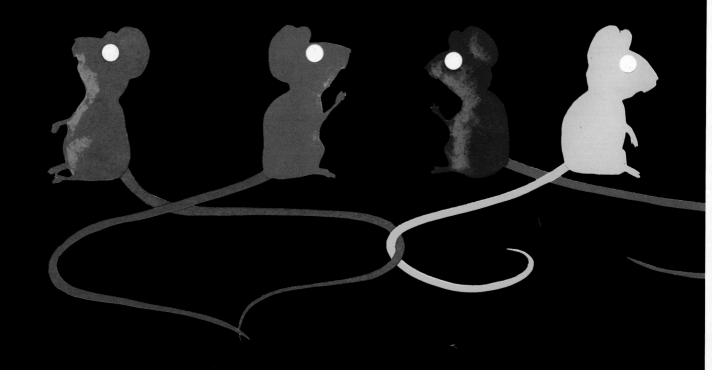

일요일이 되었습니다.
일곱 번째로 하얀 생쥐가 연못가에 갔습니다.

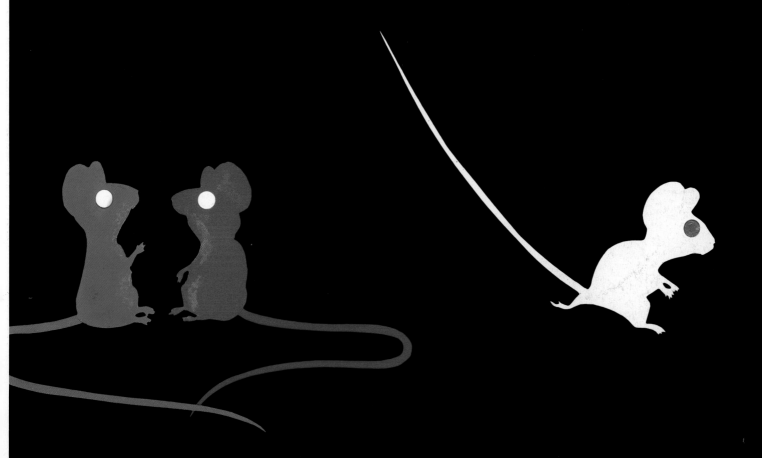

하얀 생쥐는 그 이상한 물체에 다가가 얼른 위로 올라가 보았습니다.
그리고는 반대쪽으로 미끄러져 내려와 보았습니다. 또 꼭대기를 따라
끝에서 끝까지 달려가 보았습니다.

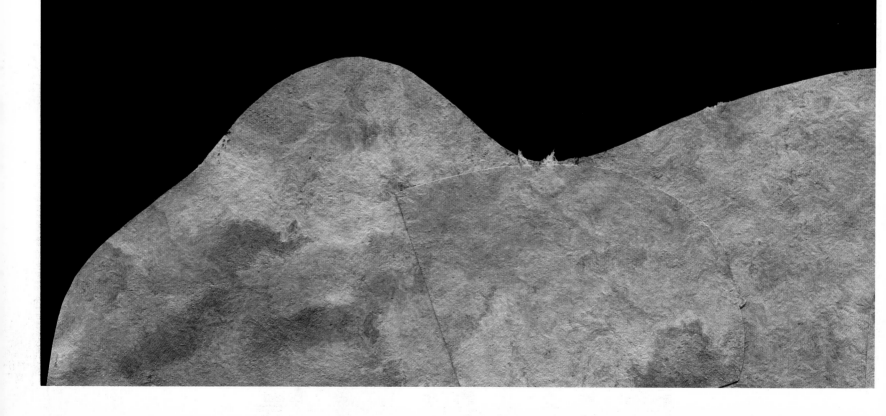

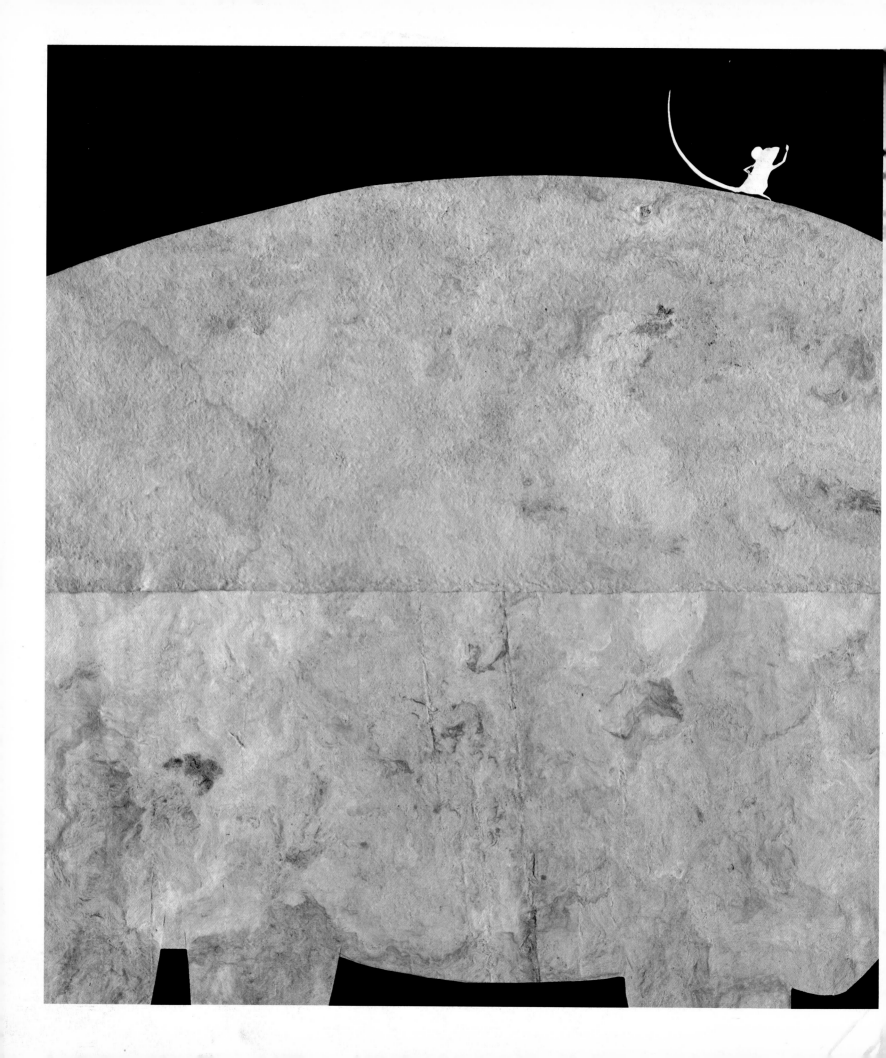

"아하, 이제 알았다!" 하얀 생쥐가 말했습니다.
"이건 기둥처럼 튼튼하고,
뱀처럼 부드럽게 움직이고,
낭떠러지처럼 높다랗고,
창처럼 뾰족하고,
부채처럼 살랑거리고,
밧줄처럼 배배 꼬였어.
하지만 전체를 말하자면 이건……

코끼리야!"

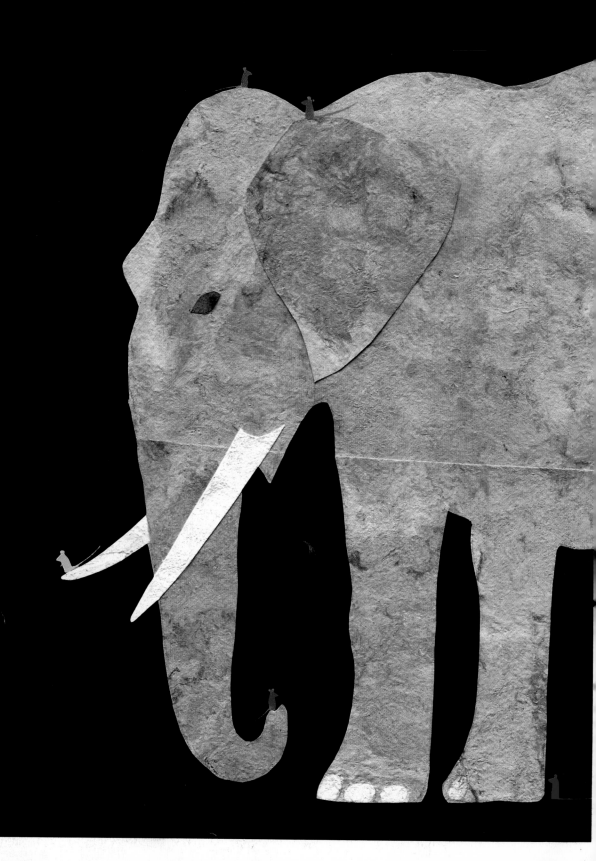

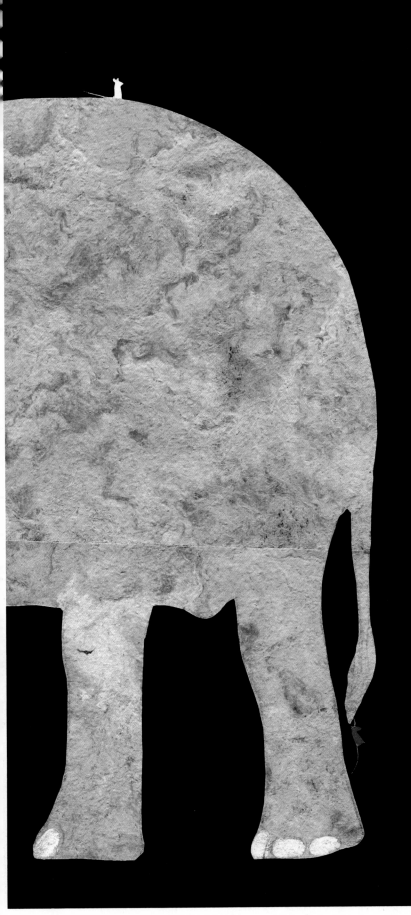

다른 생쥐들도 그 이상한 물체에
올라가 반대쪽으로 미끄러져
내려와 보았습니다. 또 꼭대기를
따라 끝에서 끝까지 달려가
보았습니다. 그리고는 맞장구를
쳤습니다. 이제야 비로소 알게
된 거지요.

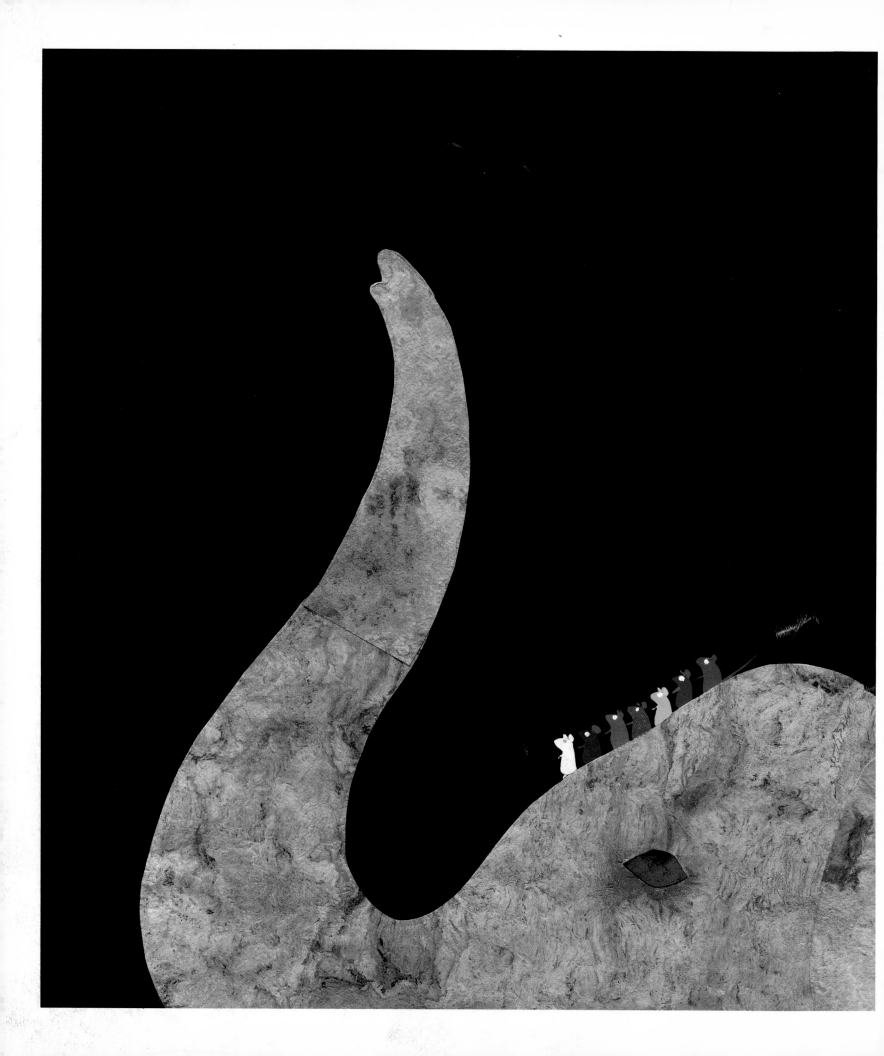

생쥐 교훈:
부분만 알고서도 아는 척할 수는 있지만
참된 지혜는 전체를 보는 데서 나온다.

힘들었던 시간에, 지혜와 지식의 즐거움에
나를 눈뜨게 해 준 왕공메이와
아이나이에게

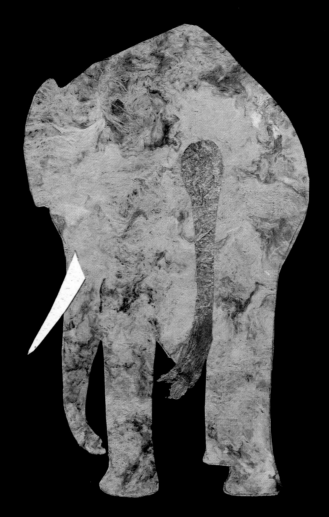

시공주니어

책이름/ 일곱 마리 눈먼 생쥐   지은이/에드 영   옮긴이/최순희   초판 제1쇄 발행일/1999년 11월 30일   초판 제2쇄 발행일/2000년 5월 25일   발행인/전재국   발행처/(주) 시공사
주소 / 서울시 서초구 서초동 1628-1 (우편 번호 137-070)   영업 588-0833/ 편집 588-3121/
하이텔 · 천리안/ SIGONGSA   E-Mail/SIGONGSA@chollian.net. SIGONGSA@hitel.net   ISBN 89-527-0500-9 77840

SEVEN BLIND MICE Written and illustrated by Ed Young Copyright © 1992 by Ed Young. All rights reserved. Korean translation copyright © 1999 by Sigongsa Co., Ltd.
This Korean edition was published by arrangement with Ed Young c/o McIntosh & Otis, Inc., NY through KCC, Seoul.

값 7,500원

에드 영은 1931년 중국 천진에서 태어나 상하이에서 자랐다. 20살 때 미국으로 이주해 죽 그곳에서 작품 활동을 하고 있다. 그의 작품에서는 동양화 기법이나 동양적 사상을 많이 발견할 수 있다. 또한 쥐, 코끼리,
늑대, 여우 등 동물들을 주인공으로, 간단하지만 아주 중요한 진실들을 전달하고자 한다. 에드 영은 50권 이상의 어린이책을 발표했으며 그 동안 많은 상을 수상했다. 1990년에는 《론 포포》로 칼데콧 상을 수상했으며,
이 책 《일곱 마리 눈먼 생쥐》와 《황제와 연》으로 칼데콧 아너 상을 받았다.

최순희는 한국외국어대학교 영어학과를 졸업하고, 미국 남캘리포니아 대학원에서 도서정보학 석사학위를 받았다. 미국 로스앤젤레스 시립도서관에서 10년 동안 어린이책 전문 사서로 일했다. 옮긴 책으로는 《할머니가
남긴 선물》, 《엄마의 의자》, 《프레드릭》, 《트리캡의 샘물》, 《아무도 어른이 되지 않는다》, 《아이 하나를 키우는 데는 마을 전체가 필요하다》 들이 있다.